IMPORTANTE COLLECTION

D'ANCIENNES

PORCELAINES DE LA CHINE

ET DU JAPON

Objets d'Art et d'Ameublement

CATALOGUE

D'UNE IMPORTANTE COLLECTION

D'ANCIENNES

PORCELAINES DE LA CHINE

ET DU JAPON

Grands et beaux Vases; Jardinières; Potiches, etc.;
Vases en céladon bleu turquoise; Pièces d'échantillon; Poteries du Japon;
Grands Brûle-Parfums et Vases en ancien émail cloisonné de la Chine;
Laques du Japon; Sculptures en ivoire; Matières précieuses, telles que : Jades,
Cristaux de roche, Lapis, etc.
Pièces importantes en bronze de la Chine et du Japon;

MEUBLES DE L'ORIENT

Faïences italiennes et autres; Porcelaines de Saxe et autres; Objets variés;
Bronzes d'ameublement; Miroir et Pendule Louis XIV; Meubles Louis XV et Louis XVI
Belle Tenture de Lit du temps de Henri IV

BELLE TAPISSERIE DU XVIIe SIÈCLE

Le tout appartenant à M. X***

ET DONT LA VENTE AURA LIEU

HOTEL DROUOT, SALLE N° 8

Les Lundi 6 et Mardi 7 Mars 1882

A DEUX HEURES

COMMISSAIRE-PRISEUR

Me PAUL CHEVALLIER, Succ[r] de M[e] CH. PILLET

10, RUE DE LA GRANGE-BATELIÈRE

EXPERT : **M. CHARLES MANNHEIM, 7, rue Saint-Georges.**

Chez lesquels se trouve le présent Catalogue.

EXPOSITIONS :

PARTICULIÈRE : Le Samedi 4 Mars 1882,

PUBLIQUE : Le Dimanche 5 Mars 1882,

De une heure à cinq heures

CONDITIONS DE LA VENTE

Elle sera faite au comptant.

Les acquéreurs payeront, en sus des adjudications, *cinq pour cent* applicables aux frais.

L'exposition mettant le public à même de se rendre compte de l'état des objets, il ne sera admis aucune réclamation une fois l'adjudication prononcée.

Paris. — Typ. Pillet et Dumoulin, 5, rue des Grands-Augustins.

DÉSIGNATION DES OBJETS

PORCELAINES DE CHINE

1 — Deux grands et beaux vases avec couvercles en ancienne porcelaine de Chine à riche décor de lambrequins et armoiries en blanc et or sur fond bleu, et entre-deux couvert de chimères, et de fleurs en émaux de la famille verte. Belle qualité.

Haut., 1 m. 20 cent.

2 — Deux grandes et belles bouteilles en porcelaine de Chine à fond bleu et décor d'or; chimères et nuages.

Haut., 92 cent.

3 — Deux belles potiches ovoïdes à couvercles en ancienne porcelaine de Chine, à riche décor bleu, à lambrequins couverts de fleurs. Les couvercles sont surmontés de chimères décorées à froid. Belle qualité. Elles reposent sur des supports à trépieds en bois noir.

Haut. des potiches, 85 cent.
Haut. des supports, 73 cent.

4 — Deux jolis vases en forme de balustre en ancienne porcelaine de Chine à feuillages gaufrés en relief, et réservés en blanc sur fond bleu à œils-de-perdrix. Ils sont enrichis de médaillons en hauteur représentant des paysages avec personnages, et les couvercles sont surmontés de petites chimères assises.

Haut., 48 cent.

5 — Deux cornets de même qualité et de même décor que les deux vases qui précèdent.

Haut., 39 cent.

6 — Grand vase en forme de balustre carré en céladon bleu turquoise à anses mascarons; têtes chimériques.

Haut., 50 cent.

7 — Vase analogue à celui qui précède, mais moins grand.

Haut., 33 cent.

8 — Vase en forme de double balustre losangé en céladon bleu turquoise à anses têtes d'éléphants.

Haut., 32 cent.

9 — Deux vases de même forme en céladon bleu turquoise marbré de bleu foncé.

Haut., 32 cent.

10 — Joli vase en forme de bouteille en céladon bleu turquoise à fleurs et ornements gravés sous engobe.

Haut., 46 cent.

11 — Jolie jardinière de forme sphérique en céladon bleu turquoise, décorée de dragons gravés. Elle repose sur un socle en céladon bleu turquoise.

Haut. totale, 22 cent.; diam., 24 cent.

12 — Potiche avec couvercle en ancienne porcelaine de Chine, décorée de rochers, d'arbustes et de fleurs. La partie supérieure de la panse présente une bande émaillée vert, rehaussée de rosaces rouges et jaunes.

Haut. 48 cent.

13 — Deux beaux vases en forme de balustre carré à angles coupés et à couvercle, en ancienne porcelaine de Chine, décorés de fleurs, d'oiseaux et d'ornements en émaux de la famille rose. Les couvercles sont surmontés de coqs.

Haut., 53 cent.

14 — Très beau cornet en ancienne porcelaine de Chine, décoré en émaux de la famille verte, à compartiments de fleurs et modèles, séparés par de larges bandes émaillées vert pointillé et rehaussées de fleurettes. Haut et bas des ornements.

Haut., 47 cent.

15 — Deux beaux vases en forme de balustre hexagone, avec couvercle surmonté d'une chimère, en ancienne porcelaine de Chine, décorés de médaillons de paysages avec personnages et de petits médaillons de fleurs. Le fond est vermiculé d'or.

Haut., 53 cent.

16 — Aigle sur rocher. — Groupe en porcelaine de Chine jaspée violet.

Haut., 47 cent.

17 — Deux vases en forme de potiche surbaissée, gaufrés à figures, arbustes, rochers, oiseaux et bordure d'ornements émaillés violet et jaune sur fond bleu turquoise. Un des vases a un couvercle en bois laqué d'or.

Haut. totale, 40 cent.

18 — Vase en forme de balustre à deux anses, en porcelaine de Chine à fond bleu d'eau marbré.

Haut., 40 cent.

19 — Deux petits vases en forme de baril, en porcelaine de Chine, décorés de fleurs sur fond blanc et à boules saillantes émaillées bleu clair.

Haut., 24 cent.

20 — Petit vase en forme de balustre, en porcelaine de Chine à fond amarante gravé, et fleurs émaillées en couleurs.

Haut., 25 cent.

21 — Brûle-parfums formé d'une chimère debout à tête mobile, décorée en bleu, rouge et vert.

Haut., 30 cent.

22 — Vase en forme de cornet surbaissé à panse renflée, en porcelaine de Chine, décoré à l'imitation du bronze.

Haut., 26 cent.

23 — Deux vases de même qualité en forme de balustre à côtes.

Haut., 34 cent.

24 — Joli vase en forme de balustre en ancienne porcelaine de Chine, décoré en émaux de la famille verte. La panse représente une réception impériale et la gorge est décorée de rochers et de fleurs.

Haut., 445 mill.

25 — Beau vase de même forme que celui qui précède et de décor analogue. Celui-ci offre au pourtour une course d'amazones dans un paysage, et en présence de divers personnages. La gorge est décorée de paysages, et le fond vert pointillé est rehaussé d'attributs.

Haut., 465 mill.

26 — Beau vase à large panse et à gorge rétrécie, en ancienne porcelaine de Chine. La panse présente une frise de dragons à cinq griffes se jouant dans les flots et se détachant en couleurs sur fond blanc. La partie inférieure du vase et la gorge sont décorés de fleurs arabesques en or sur fond bleu. Règne de Kien-Long.

Haut., 69 cent.

27 — Vase en forme de balustre à angles coupés et à couvercle, en ancienne porcelaine de Chine, décoré de paysages, de fleurs aquatiques et d'oiseaux en émaux de la famille verte.

Haut., 48 cent.

28 — Vase en forme de rouleau, en ancienne porcelaine de Chine, décoré de poissons rouges gaufrés en relief et se détachant sur un fond bleu rehaussé de poissons et de feuillages dorés.

Haut., 43 cent.

29 — Vase en forme de gourde en porcelaine de Chine, décoré de fleurs et d'oiseaux en camaïeu bleu sur fond verdâtre. Sur socle en bois de fer.

Haut., 65 cent.

30 — Beau vase en forme de bouteille en porcelaine de Chine, à chimères et ornements gaufrés en relief, et à décor céladonné sur fond bleu.

Haut., 72 cent.

31 — Deux jardinières carrées en porcelaine de Chine, à fond rouge rehaussé de dorure, et médaillons de paysages avec personnages émaillés en couleurs. Époque de Kien-Long.

Haut., 25 cent.; larg., 31 cent.

32 — Vase en forme de balustre carré à deux anses et à arêtes saillantes, décoré de fleurs arabesques et d'ornements bleus.

Haut., 35 cent.

33 — Deux petits vases à couvercle, forme boule, en porcelaine de Chine, décorés de fleurs arabesques et d'ornements émaillés en couleurs sur fond bleu clair. Règne de Kien-Long.

Haut., 25 cent.

34 — Deux cache-pots cylindriques en porcelaine de Chine découpés à jour. L'un deux se compose d'ornements émaillés vert d'eau et rehaussé de dorure, l'autre de médaillons de paysages émaillés en couleurs et reliés entre eux par des ornements à fond rouge; les bords de cette dernière pièce sont décorés de fleurs et de rinceaux émaillés en couleurs sur fond vert clair.

Haut., 14 cent.; diam., 19 cent.

35 — Chimère assise en porcelaine blanche finement gravée et formant brûle-parfums.

Haut., 28 cent.

36 — Petit chien couché en porcelaine blanche du Japon, formant brûle-parfums.

Haut., 12 cent.; larg., 18 cent.

37 — Jardinière de forme sphérique en porcelaine du Japon à décor bleu, fleurs et animaux.

Haut., 22 cent.; diam., 30 cent.

38 — Deux tabourets ou supports en forme de baril surbaissé en ancienne porcelaine de Chine décorés de lambrequins sur le dessus et de paysages accidentés au pourtour. Ils sont enrichis de parties ajourées et de points saillants imitant des têtes de clou.

Haut., 27 cent.

39 — Deux vases ovoïdes à couvercle plat, forme dite pot à tabac en ancienne porcelaine de Chine, décorés de

fleurs et de papillons émaillés en couleur sur fond gros bleu. Ils sont enrichis de décors d'or.

Haut., 25 cent.

40 — Boîte de forme lenticulaire en porcelaine de Chine à fleurs arabesques et attributs gaufrés en relief et émaillés en couleurs sur fond bleu d'eau granulé.

Haut., 13 cent.; diam., 31 cent.

41 — Vase en forme de grosse bouteille en porcelaine de Chine décoré de dragons rouges se jouant dans les flots bleus de la mer.

Haut., 56 cent.

42 — Vase en forme de balustre à deux anses découpées, décoré de chauve-souris et de nuages en relief émaillés en couleurs sur fond blanc.

Haut., 60 cent.

43 — Vase en forme de balustre en porcelaine de Chine marbré d'émail brun.

Haut., 33 cent.

44 — Chimère en céladon vert d'eau formant brûle-parfums.

Haut., 22 cent.

45 — Jardinière de forme sphérique en porcelaine de Chine flambée rouge.

Haut., 22 cent.: diam., 35 cent.

46 — Fontaine applique en ancienne porcelaine de Chine, décorée de fleurs, de rochers, d'oiseaux et d'ornements en émaux de la famille verte.

Haut., 41 cent.

47 — Ecuelle avec couvercle et plateau en porcelaine de Chine, en forme de fleur à branchages et fleurs en relief et décor imitant des feuilles rehaussées de fleurs en couleurs et or.

Diam. du plateau, 27 cent.
Diam. de l'écuelle, 17 cent.

48 — Petite buire en ancienne porcelaine de Chine décorée de grues sacrées et de caractères en or sur fond bleu fouetté.

Haut., 20 cent.

49 — Théière en forme de balustre carré décorée de fleurs et d'animaux fantastiques émaillés en couleurs sur fond vert.

Haut., 20 cent.

50 — Petit brûle-parfums à deux anses têtes chimériques et à trois pieds dorés en porcelaine de Chine à fond vert clair rehaussé de fleurs arabesques émaillées et à réserves à fond blanc décorées de fleurs et d'oiseaux. Règne de Kien Long. Socle et couvercle en bois de fer, ce dernier a un bouton en cornaline.

Haut. totale, 16 cent.

51 — Figurine de divinité debout en porcelaine moderne du Japon à robe rouge rehaussée d'or.

Haut., 12 cent.

52 — Brûle-parfums tripode en grès émaillé brun jaspé de la Chine.

Haut., 13 cent.

53 — Coupe ronde en porcelaine de Chine décorée intérieurement et extérieurement de fleurs et d'ornements bleus sur fond jaune.

Haut., 95 mill.; diam., 265 mill.

54 — Théière à panse carrée en porcelaine du Japon gaufrée et émaillée bleu et à médaillons de fleurs de pêcher en relief et réservées en biscuit coloré. Couvercle en bois de fer.

Haut., 19 cent.

55 — Deux chimères debout en porcelaine de Chine émaillées rose et rehaussées de vert. Socles en bois.

Haut. sans socle, 25 cent.

56 — Deux canards debout en ancienne porcelaine de Chine, émaillés vert et jaune.

Haut., 25 cent.

57 — Canard nageant en grès émaillé brun et blanc et rehaussé de points saillants en émail blanc. Socle en bois sculpté.

Haut. sans le socle, 14 cent.; larg., 21 cent.

58 — Petit vase en forme de bouteille en ancienne porcelaine de Chine gaufrée à côtes et réserves en forme de grenades sur fond vermiculé bleu.

Haut., 25 cent.

59 — Petit vase en porcelaine mince de la Chine décoré de médaillons de personnages et fond vermiculé d'or rehaussé de fleurs.

Haut., 23 cent.

60 — Coupe ronde à couvercle et sur pied élevé, en porcelaine de Chine décorée de dragons rouges à cinq griffes. Le couvercle est surmonté d'un coq.

Diam., 16 cent.; haut., 21 cent.

61 — Vase en forme de bouteille en porcelaine de Chine jaspée violet.

Haut., 44 cent.

62 — Deux petites chimères couchées à tête fantastique en porcelaine de Chine émaillée vert et jaune.

Larg., 85 mill.

63 — Deux jolis petits vases en forme de balustre carré en ancienne porcelaine de Chine à double paroi dont l'une réticulée à jour et présentant sur chacune de ses faces un dessin différent. Les montants, la base et le col sont décorés de médaillons d'oiseaux et d'ornements en émaux de la famille rose.

Haut. sans le socle en bois découpé, 33 cent.

64 — Deux plaques en forme de pêche en ancienne porcelaine de Chine décorées en émaux de la famille verte; paysages montagneux et encadrements à rosaces et réserves de fleurs.

Haut., 22 cent.; larg., 25 cent.

65 — Belle buire à panse ovoïde et à anse en ancienne porcelaine de Chine décorée en émaux de la famille verte à médaillons, attributs et fleurs.

Haut., 34 cent.

66 — Joli petit vase ovoïde à couvercle en ancienne porcelaine de Chine décoré en émaux de la famille verte à médaillons de paysages et attributs et entre-deux à fleurs.

Haut., 21 cent.

67 — Deux vases forme boule dite pot à tabac, à couvercle plat en ancienne porcelaine de Chine fond gros bleu à décor d'or et médaillons de fleurs en émaux de la famille rose.

Haut., 25 cent.

68 — Deux petits vases de forme surbaissée à couvercle en porcelaine de Chine à fond blanc gravé et décorés de dragons et de nuages en rouge de fer et bleu clair.

Haut., 25 cent.

69 — Deux petites jardinières à quatre lobes en céladon bleu turquoise.

Haut., 9 cent.; larg., 15 cent.

70 — Gourde de forme lenticulaire à deux anses en ancienne porcelaine de Chine décorée de dragons chimériques et de nuages en bleu, rouge et or.

Haut., 26 cent.

71 — Ecuelle à couvercle en forme de fleur et accompagnée d'un plateau, décorée de petits médaillons de fleurs sur fond vert et enrichie de branches de fleurs en relief.

Diam., 17 cent.

72 — Petit singe accroupi en terre émaillée brun foncé.

Larg., 20 cent.

73 — Jolie chimère assise et portant un petit vase sur son dos en céladon bleu turquoise.

Haut. sur le socle en bois sculpté, 27 cent.

74 — Deux jolies petites jardinières rondes à contours avec plateaux en porcelaine de Chine, fond amarante et fleurs émaillées. Règne de Kien-Long.

Diam., 17 cent.

75 — Joli plat rond à bords festonnés en ancienne porcelaine de Chine décoré en émaux de la famille verte. Au centre, corbeille de fleurs et au pourtour compartiments de fleurs.

Diam., 35 cent.

76 — Plat rond en ancienne porcelaine de Chine décoré en émaux de la famille verte. Au fond, médaillon et compartiments de fleurs ; au marli, réserves décorées d'attributs et entre-deux à rosaces

Diam., 38 cent.

77 — Petit plat rond à bord godronné en vieux Chine à décor en émaux de la famille verte à fleurs.

Diam., 32 cent.

78 — Vase en forme de bouteille en céladon bleu turquoise uni.

Haut., 36 cent.

79 — Vase en forme de balustre en céladon bleu turquoise.

Haut., 42 cent.

80 — Vase en forme de balustre carré, en porcelaine de Chine à médaillons personnages en relief et montants décorés d'ornements émaillés en couleurs.

81 — Plat rond en porcelaine de Chine décoré de fleurs de style persan.

Diam., 41 cent.

82 — Deux jardinières oblongues à quatre lobes avec plateaux en porcelaine de Chine décorées de dragons et de fleurs arabesques émaillées en couleurs.

Larg., 20 cent.

83 — Vase en forme de balustre à ouverture étroite, en terre émaillée bleu turquoise et à décor au trait à figures et fleurs.

Haut., 28 cent.

84 — Deux vases en forme de balustre à couvercle en porcelaine de Chine décorés de fleurs, d'oiseaux et d'ornements émaillés en couleurs.

Haut., 62 cent.

85 — Deux vases de forme cylindrique en porcelaine de Chine à fond brun rehaussé de dorure et décoré d'arbustes, de fleurs et d'oiseaux en relief et émaillés vert d'eau.

Haut., 47 cent.

86 — Deux vases en forme de balustre laqués noir et enrichis d'incrustations de burgau représentant des paysages.

Haut., 50 cent.

87 — Vase en forme de balustre à deux anses en porcelaine de Chine à larges craquelures et à lambrequins en relief au bord supérieur émaillés brun.

Haut., 60 cent.

88 — Grand cornet en grès émaillé et jaspé violet.

Haut., 39 cent.

89 — Vase en forme de gourde à panse aplatie et col cylindrique, en porcelaine de Chine émaillée rouge sang de bœuf. Les anses sont formées d'oiseaux en ronde bosse et le couvercle est surmonté d'une chimère.

Haut., 47 cent.

90 — Vase en forme de bouteille, en porcelaine de Chine à fond bleu et décoré de branches feuillagées et de papillons en relief émaillés brun et vert d'eau.

Haut., 44 cent.

91 — Brûle-parfums à panse sphérique, reposant sur trois pieds et à anses en S surélevées, en porcelaine de Chine, décoré de fleurs arabesques dorées.

Haut., 36 cent.

92 — Vase de forme allongée, en ancienne porcelaine de Chine, décoré d'un groupe de figures en émaux de la famille rose.

Haut., 44 cent.

93 — Vase en forme de gourde aplatie, en porcelaine de Chine, décoré de branches de pêcher en bleu.

Haut., 35 cent.

94 — Vase en forme de balustre, en porcelaine de Chine, décoré d'ornements et de fleurs arabesques gaufrés en relief et émaillés en couleurs.

Haut., 46 cent.

95 — Vase en forme de balustre à pans, en porcelaine de Chine, décoré de fleurs en bleu et rouge de cuivre sur fond bleu empois.

Haut., 28 cent.

96 — Vase en forme de balustre, en ancienne porcelaine de Chine à décor bleu à compartiments, figures de femmes et vases de fleurs.

Haut., 46 cent.

97 — Cornet à panse légèrement renflée, en ancienne porcelaine de Chine, décor bleu à compartiments de fleurs.

Haut., 52 cent.

98 — Deux vases à panse ovoïde allongée, en porcelaine de Chine blanche gaufrée à zones de fleurs et d'ornements et rehaussés haut et bas de dorure.

Haut., 43 cent.

99 — Potiche à couvercle, en ancienne porcelaine de Chine décorée de chimères, de fleurs et d'ornements en couleurs sur fond émaillé bleu turquoise et à lambrequins à fond noir.

Haut., 41 cent.

100 — Petit vase forme dite pot à tabac, en porcelaine de Chine, décoré de dragons rouges et de nuages émaillés en couleur sur fond blanc.

Haut., 19 cent.

101 — Deux belles chimères assises sur socles carrés, en ancienne porcelaine de Chine, décorées en émaux de la famille verte. Elles sont montées en candélabres à trois branches rocaille en bronze doré.

Haut. totale 57 cent.

102 — Deux petits vases en forme de bouteille, en ancienne porcelaine de Chine fond bleu fouetté et médaillons attributs en bleu sur blanc. Ils sont garnis de montures rocaille en bronze doré.

Haut., 19 cent.

103 — Deux figures de femme japonaises debout, en porcelaine décorée à l'imitation du Japon et montées en candélabres à quatre branches de lis en bronze doré.

Haut., 70 cent.

PORCELAINES ET POTERIES

DU JAPON

104 — Deux grandes et belles potiches à couvercle, en ancienne porcelaine du Japon, décorées de fleurs, d'oiseaux, d'animaux, de balustrades et de lambrequins ornés en bleu, rouge et or.

Haut., 85 cent.

105 — Deux grandes et belles potiches à couvercles, en ancienne porcelaine du Japon, à fond bleu rehaussé de fleurs en rouge et or et à compartiments de paysages avec animaux.

Haut., 86 cent.

106 — Deux potiches à couvercle, en ancienne porcelaine du Japon, à décor d'arbustes, rochers et fleurs en bleu, rouge, vert et or.

Haut., 62 cent.

107 — Petite potiche sans couvercle, en ancienne porcelaine du Japon, décorée d'arbustes, de fleurs, d'oiseaux et d'ornements en bleu, rouge et or avec rehauts de noir et de vert.

Haut., 39 cent.

108 — Petite boîte carrée à trois compartiments, en porcelaine du Japon, à grilles réticulées à jour et à décor de fleurs et ornements polychromes.

Haut., 19 cent.; larg., 14 cent.

109 — Grand plat rond en porcelaine moderne du Japon, décoré d'un sujet familier avec riche bordure d'ornements.

Diam. 43 cent.

110 — Plat rond en terre émaillée du Japon à fond vert et décoré d'oiseaux et de paysages gaufrés en relief. Le bord est émaillé brun.

Diam. 42 cent.

111 — Vase en forme de cornet à deux anses, en terre émaillée du Japon, à riche décor en relief; tortues se jouant dans les flots et ornements.

Haut., 40 cent.

112 — Petite bouteille en porcelaine du Japon, décorée de dragons et de nuages en bleu sur blanc.

Haut., 36 cent.

113 — Grande figure de divinité debout, en poterie de Satzuma. Ses vêtements et sa coiffure sont couverts d'un riche décor en couleur et or.

Haut., 73 cent.

114 — Vase ovoïde en porcelaine du Japon, décoré au pourtour d'un sujet de combat émaillé en couleurs et or. Le couvercle est surmonté d'une chimère.

Haut., 39 cent.

115 — Petit tabouret en porcelaine du Japon, émaillé gros bleu avec boules saillantes bleu turquoise et frise découpée à jour représentant des fleurs et des oiseaux gaufrés en relief et émaillés bleu turquoise, gros bleu et brun clair.

Haut., 36 cent.

116 — Deux vases droits à gorge et à deux anses, en poterie de Satzuma, décorés de corbeilles de fleurs en couleurs et or.

Haut., 48 cent.

117 — Deux vases analogues à ceux qui précèdent, mais plus petits. Ceux-ci sont décorés de figures de guerriers.

Haut., 34 cent.

118 — Fontaine en forme de vase à panse ovoïde et à deux anses, en porcelaine du Japon à décor bleu, paysage et ornements. Le couvercle est surmonté

d'une chimère et le col du vase et le robinet sont garnis en cuivre.

Haut., 43 cent.

EMAUX CLOISONNÉS

119 — Deux grands et beaux brûle-parfums, en ancien émail cloisonné de la Chine. Ils se composent chacun d'un bassin rond à bord plat supporté par trois têtes d'éléphants en bronze doré, rehaussées de parties émaillées à goutelettes. Ce bassin sert de base à un double cylindre superposé décoré, comme toutes les parties de cette pièce, d'ornements et de fleurs arabesques sur fond bleu et enrichis de panneaux en bronze ciselé, doré et repercé à jour. Le couvercle, en dôme, décoré de même, est surmonté d'un fort bouton à côtes en cuivre, doré en partie et émaillé.

Ces deux pièces importantes sont garnies de galeries en bronze ciselé repercé à jour et reposent sur des socles en bois de fer sculpté.

Haut. des brûle-parfums, 1 m. 08
Haut. des socles, 0 m. 24

120 — Deux beaux vases en forme de potiche, à couvercle et à deux anses têtes de chimères dorées, en émail cloisonné de la Chine à fond blanc, décorés de rochers et fleurs. Le col, à fond blanc, est relié à la panse par un lambrequin rouge décoré de fleurs.

Haut., 1 m. 02 cent.

121 — Deux lanternes chinoises de forme hexagone et haute, en ancien émail cloisonné de la Chine. Elles sont surmontées d'un double pavillon et enrichies de parties réservées en bronze doré.

Haut., 75 cent.

122 — Beau brûle-parfums de forme oblongue, à deux anses surélevées, à couvercle et reposant sur quatre pieds à têtes chimériques, en ancien émail cloisonné de la Chine, décoré d'ornements sur fond bleu clair. Le couvercle, surmonté d'une chimère en bronze doré, est enrichi d'une frise repercée à jour.

Haut. sans le socle, 60 cent.; larg., 54 cent.

123 — Deux flambeaux à tige droite et bassin rond, en ancien émail cloisonné de la Chine, à fond bleu clair et décor de fleurs arabesques.

Haut., 26 cent.

124 — Joli petit cornet carré à panse renflée, en ancien émail cloisonné de la Chine, décoré de feuilles et de dragons, se détachant en vert et en rouge, sur fond bleu clair. Ses angles sont ornés d'arêtes découpées en bronze doré.

Haut., 16 cent.

125 — Boîte de forme annulaire, en ancien émail cloisonné de la Chine, décorée de dragons et d'ornements, sur fond bleu turquoise. Elle ouvre à charnière.

Diam., 18 cent.

126 — Deux vases de forme cylindrique, en émail cloisonné de la Chine, décorés de zones d'ornements en couleurs, sur fond bleu turquoise. Ils sont garnis d'anses en bronze doré.

Haut., 43 cent.

LAQUES

127 — Belle table à écrire, de forme oblongue, en laque noir du Japon, à riche décor de paysages avec habitation et grues sacrées voltigeant, en or en relief.

Larg., 60 cent.

128 — Boîte à écrire, de même qualité et de décor analogue. Elle est décorée à l'intérieur sur un fond aventuriné.

Larg., 24 cent.

129 — Deux grands vases d'ivoire décorés, l'un, d'une figure de guerrier à cheval, et l'autre d'une femme debout, exécutée en relief et laqués en couleurs et or. Les faces sont rapportées en ivoire. Beau travail japonais.

Haut., 48 cent.

130 — Groupe en laque du Japon : Paon et paone debout sur un rocher en Malachite.

Haut., 37 cent.

131 — Deux grands et beaux vases cylindriques, en bois dur laqué, en or et couleurs, et enrichis de figures en ivoire finement sculpté. Beau travail japonais.

Haut., 48 cent.

132 — Vase en forme de gourde aplatie, en laque rouge ciselé, de Pékin, à fleurs arabesques, et décoré de médaillons en bois sculpté rapportés.

Haut., 45 cent.

133 — Pitong en bois laqué, décoré d'une carpe en relief, en or et couleurs.

Haut., 34 cent.

134 — Pitong en bambou laqué, à médaillons et ornements rapportés en bronze.

Haut., 24 cent.

SCULPTURES

135 — Ivoire. — Statuette de femme de qualité, debout, tenant un éventail ouvert. Travail japonais.

Haut., 17 cent.

136 — Ivoire. — Autre statuette, armée d'un sabre et vêtue d'un riche costume gravé. Travail japonais.

Haut., 12 cent.

137 — Ivoire. — Petit groupe. Personnage accroupi et barbu, tenant un poupon de ses deux mains. Travail japonais.

Haut., 85 mill.

138 — Ivoire. — Figurine de femme de qualité, accroupie. Travail japonais.

Haut., 11 cent.

139 — Bois. — Statuette d'homme debout, portant une coupe de fruits de la main droite, et tenant un bâton de la main gauche.

Haut., 21 cent.

140 — Bambou. — Chimère couchée. Cette pièce, évidée, est garnie de métal et forme coupe. Ancien travail chinois.

Haut., 11 cent.

141 — Bambou. — Deux grands groupes exécutés à l'aide de racines de bambou, et représentant chacun un personnage sur des rochers. Travail chinois.

Haut., 95 cent.

MATIÈRES PRÉCIEUSES

142 — Lapis-lazuli. — Brûle-parfums de forme surbaissée à deux anses prises dans la masse et à couvercle. Il est couvert d'ornements gravés en relief.

Haut., 12 cent.; larg., 17 cent.

143 — Jade blanc verdâtre. — Grande théière en forme de vase balustre aplati, décoré d'ornements gravés en relief et à anse et goulot pris dans le bloc. Le couvercle est surmonté d'une chimère.

Haut., 29 cent.

144 — Jade blanc verdâtre. — Théière analogue à celle qui précède, mais plus petite.

Haut., 20 cent.

145 — Jade verdâtre. — Très grand vase, en forme de balustre aplati à deux anses, têtes d'éléphants et bandeau d'ornements en relief au pourtour de la panse. Pièce remarquable par ses dimensions.

Haut., 38 cent.; larg., 33 cent.

146 — Jade vert. — Garniture d'autel, composée de trois pièces : Brûle-parfums de forme surbaissée à anses et anneaux mouvants pris dans la masse ; boîte à pastille lenticulaire, et petit vase en forme de balustre aplati, à anneaux pris dans le bloc. Ces trois pièces sont décorées d'ornements en relief, et reposent sur des socles en bois finement sculpté.

Haut du brûle-parfums, 13 cent.; larg., 20 cent.
Haut. du vase, 16 cent.
Diam. de la boîte, 85 mill.

147 — Jade blanc. — Petit vase de forme conique renversée et à une ouverture étroite, entouré de trois dragons chimériques pris dans la masse. Le couvercle est formé d'une chimère couchée. Socle en bois de fer.

Haut. 65 mill.; diam., 130 mill.

148 — Jade blanc verdâtre. — Flacon en forme de courge avec fruits et branchages pris dans la masse.

Haut., 12 cent.

149 — Cristal de roche. — Eléphant debout et évidé, servant de support à un petit vase, près duquel est un enfant.

Haut. totale, 13 cent.; larg., 13 cent.

150 — Agate opaque brune. — Vase en forme de balustre et à couvercle, avec anses formées de têtes chimériques.

Haut., 22 cent.

BRONZES DE L'ORIENT

151 — Deux très grands et beaux vases en bronze du Japon à personnages et dragons en haut relief au pourtour et à anses formées de branches d'arbre. Ils reposent sur des socles formés de rochers et d'arbustes.

Haut., 89 cent.

152 — Beau brûle-parfums de forme sphérique reposant sur trois pieds bas, et décoré au pourtour d'un dragon en haut relief. Ses anses sont formées par des dragons chimériques. Beau bronze chinois.

Haut., 48 cent.

153 — Vase ou jardinière à panse carrée et gorge ronde, décoré de feuillages en relief et garni aux angles de branches feuillues formant anses.

Haut., 32 cent.

154 — Grand et beau brûle-parfums à panse sphérique, à deux anses en S surélevées et à trois pieds têtes chimériques. La panse est couverte de niellures d'argent, la gorge est décorée d'ornements en relief et le couvercle est surmonté d'une chimère assise. Beau et ancien bronze chinois.

Haut., 77 cent.

155 — Autre beau brûle-parfums en bronze à panse sphérique, à deux anses droites surélevées et à trois pieds têtes chimériques. La panse est décorée d'ornements en relief niellés d'argent et enrichis d'incrustations d'or. Le couvercle est en bois de fer sculpté.

Haut., 40 cent.

156 — Grand et curieux groupe en bronze du Japon, composé de vagues, de rochers et de dragons. La partie supérieure de cette pièce forme brûle-parfums et son couvercle est surmonté d'une figurine de divinité.

Haut. 1 m. 5 cent.

157 — Deux vases à panse ovoïde, décoré d'un dragon en relief au pourtour et à pied mobile formé d'un dragon. Bronzes du Japon.

Haut., 35 cent.

158 — Groupe en bronze du Japon formé d'un dragon lançant une gerbe d'eau de sa gueule. Cette gerbe sert de support à une figurine de divinité debout.

Haut., 49 cent.

159 — Groupe en bronze du Japon. — Personnage debout sur une grenouille et posant le pied gauche sur un serpent rampant au milieu de rochers.

Haut., 40 cent.

160 — Deux petits vases cylindriques reposant sur des socles mobiles à quatre pieds, en bronze du Japon. Ils sont décorés de figures en relief, leurs anses sont formées de dragons et les pieds de têtes chimériques.

Haut., 33 cent.

161 — Petite pagode cylindrique surmontée d'un large pavillon carré en bronze ciselé et doré. Travail du Tonkin.

Haut., 34 cent.

162 — Deux vases à panse carrée; pieds hexagonaux et larges plateaux supérieurs octogonaux; ils sont couverts de riches incrustations et de niellures d'argent, et présentent sur chacune de leurs faces des sujets variés en relief. Beau travail japonais.

Haut., 46 cent.

163 — Jolie fontaine à trépied et à trois goulots, en ancien bronze du Tonkin doré en partie, et décorée de médaillons de fleurs et d'oiseaux.

Haut., 33 cent.

164 — Joli vase en forme de balustre aplati à deux anses en bronze ciselé, à animaux chimériques et ornements, et rehaussé de niellures d'or. Travail japonais.

Haut., 23 cent.

165 — Boîte en forme de chaumière rectangulaire en bronze doré en partie, à figure et oiseaux en relief. Travail japonais.

Haut., 11 cent.: larg., 12 cent.

166 — Deux très grands vases de forme cylindrique reposant sur trois pieds bas, et offrant au pourtour des dragons en relief. Bronze japonais.

Haut., 1 m. 08 cent.

167 — Jardinière carrée à quatre pieds, dont le pourtour présente deux dragons en haut relief se jouant dans les flots. Bronze japonais.

Haut., 14 cent.; diam., 21 cent.

168 — Curieux et beau vase à verser, en forme de canard debout, en bronze finement ciselé et enrichi de niellures d'argent. Beau travail japonais.

Haut., 45 cent.

169 — Jardinière ronde à panse sphérique en cuivre oxydé, décorée de médaillons d'oiseaux dorés en partie et rapportés. Les entre-deux sont ornés d'oiseaux voltigeant dorés.

Haut, 22 cent.; diam., 40 cent.

170 — Très petit canard à tête chimérique, et formant vase en ancien bronze de la Chine, incrusté d'or et d'argent.

Haut., 8 cent.

171 — Petit vase en forme de balustre aplati et à couvercle, avec anse mobile, en bronze, à ornements en relief dorés.

Haut., 11 cent.

172 — Vase de forme cylindrique, sur piédouche découpé, décoré au pourtour de figures en relief. Bronze japonais.

Haut., 22 cent.

173 — Vase cylindrique en bronze à ornements en relief, et dragon en haut relief au pourtour.

Haut., 22 cent.

174 — Deux beaux vases en forme de balustre carré à deux anses carrées mobiles, en bronze niellé d'or et d'argent. Travail japonais.

Haut., 50 cent.

175 — Deux grands flambeaux én bronze à tiges à torsade.

Haut, 60 cent.

MEUBLES DE L'ORIENT

176 — Beau meuble étagère en bois de fer sculpté, enrichi de panneaux en laque usé du Japon, décorés de personnages et encadrés d'ornements en nacre sculptée rapportés en relief.

Haut., 1 m. 20 cent.; larg., 1 m. 06 cent.

177 — Jolie pagode en laque noir, décorée de feuillages dorés et garnie d'ornements en cuivre finement ciselé, gravé et doré. Elle renferme une divinité debout en bois sculpté, entourée d'une auréole et d'attributs divers en bois sculpté rehaussé de dorure. Les portes sont décorées d'ornements sur fond d'or à l'intérieur.

Haut., 73 cent.

178 — Petite table carrée en laque rouge et vert ciselé, de Pékin.

Haut., 46 cent.; larg., 46 cent.

179 — Tableau carré en laque rouge ciselé, de Pékin, à dragons, fleurs et ornements. Au centre, un dragon dans un médaillon rond. Au pourtour, des moulures saillantes en bois de fer.

Diam., 92 cent.

180 — Deux petits écrans en bois de fer sculpté et découpé à jour, décorés chacun d'une plaque d'émail cloisonné représentant deux oiseaux.

Haut., 54 cent.; larg., 36 cent.

181 — Cabinet fermant à deux portes en bois noir incrusté de caractères en nacre de perle et garni de deux panneaux en laque ancien, également incrustés de nacre et de burgau. Sa table-support, de même travail, est garnie de deux panneaux analogues à ceux du meuble.

Haut. totale, 1 m. 65 cent.; larg., 98 cent.

182 — Petit meuble étagère en bois dur sculpté, à fleurs et oiseaux.

Haut., 72 cent.; larg., 68 cent.

FAIENCES

183 — Fabrique hispano-mauresque. — Plat rond à ombilic et à décor à reflets métalliques cuivreux.

Diam., 40 cent.

184 — Faïence de Perse. — Flacon de forme aplatie et à contours, émaillé vert et décoré sur ses deux faces de branches de fleurs en relief.

Haut., 25 cent.

185 — Même faïence. — Flacon analogue à celui qui précède. Celui-ci a un bouchon en cuivre gravé.

Haut., 23 cent.

186 — Groupe en terre émaillée de l'Ecole des Robbia. — La Charité. Il se compose de quatre figures réservées

en terre cuite. Une draperie bleue et la base sont seules émaillées. On lit sur cette dernière : VBI CARITAS IBI. DEVS. EST.

Haut., 61 cent.

187 — Fabrique de Castelli. — Joli petit plat rond rehaussé de dorure. Il représente au fond Vénus fustigeant l'Amour et au marli des amours se jouant dans des rinceaux.

Diam., 27 cent.

188 — Même fabrique. — Plat de même décor que celui qui précède. Celui-ci offre au centre un paysage accidenté.

Diam., 27 cent.

189 — Fabrique de Beauvais. — Très grand plat ovale à reptiles, médaillons, lions et autres ornements en relief, sur fond à rosaces frappées et émaillé brun, jaune et vert marbrés.

Long., 60 cent.; larg., 54 cent.

190 — Fabrique de Rouen. — Grande et belle fontaine applique décorée d'un sujet mythologique en camaïeu bleu et d'ornements en bleu et rouille.

Haut., 60 cent.

PORCELAINES DE SAXE

ET AUTRES

191 — Deux jolis groupes d'oiseaux sur troncs d'arbre en ancienne porcelaine de Saxe.

Haut., 29 cent.

192 — Plat rond en ancienne porcelaine de Saxe, décor de style chinois dit au tigre.

Diam., 38 cent.

193 — Boîte ovale en ancienne porcelaine de Saxe décorée de sujets dans le goût de Watteau encadrés d'ornements roses. Monture en argent doré.

Larg., 8 cent.

194 — Garniture de trois flacons piriforme, en ancienne porcelaine de Sèvres pâte dure, décor à œils de perdrix sur fond bleu violacé. Bases et bouchons en cuivre doré.

Haut., 26 et 21 cent.

195 — Deux petits seaux à deux anses et à côtes, en porcelaine dure décorés de bouquets de fleurs.

Haut., 85 mill.

196 — Tasse évasée en vieux Sèvres pâte tendre fond bleu de Vincennes et médaillon d'oiseaux et ornements en or. Epoque Louis XV.

Haut., 7 cent.

197 — Deux vases ovoïdes à couvercle et à base carrée en porcelaine de Venise à anses mascarons ailés reliés par des ornements et des groupes de fruits et à décor de style chinois en bleu, jaune et rouge. Les couvercles à gorge sont également garnis d'anses ornées.

Haut., 29 cent.

198 — Joli cabaret solitaire en ancienne porcelaine de Vienne à bandes rosées et blanches alternées, médaillons de fleurs et ornements. Il se compose d'un plateau oblong à contours avec galerie à jour, d'une tasse avec soucoupe, d'une cafetière, d'un pot à lait et d'un petit plateau à sucre. Dans sa boîte du temps, en maroquin rouge doré au fer.

199 — Pot à eau et cuvette en ancienne porcelaine dure du temps de Louis XVI décorés d'ornements, de festons de fleurs et de médaillons, bustes et vases en grisaille sur fond rose.

Haut. du vase, 25 cent.

OBJETS VARIÉS

200 — Custode cylindrique et à couvercle conique surmonté d'une croix en cuivre champlevé et émaillé à fond bleu décorée de bustes d'anges et de palmettes. Travail de Limoges au XIIIe siècle.

Haut., 12 cent.

201 — Petit seau à anse mobile en verre de Venise incolore craquelé imitant la glace. Le bord supérieur est émaillé bleu.

Haut., 11 cent.; diam., 15 cent.

202 — Petite horloge formée d'un négrillon en cuivre doré en partie, monté sur un socle rond et montrant l'heure sur une sphère placée à l'extrémité d'un arbre et qui contient un cadran tournant. Travail allemand du XVIIe siècle.

Haut., 25 cent.

203 — Horloge circulaire en cuivre repoussé à fleurs et doré, avec cadran horizontal surmonté de cinq figurines mobiles en argent. Travail allemand du XVIIIe siècle.

Haut., 19 cent.; diam., 18 cent.

204 — Deux vases ovoïdes à couvercles à gorge et à culot godronné en marbre rouge des Pyrénées. Ils sont évidés.

Long. 60 cent.

BRONZES D'AMEUBLEMENT

205 — Pendule à cage en bronze ciselé et doré surmontée d'un trophée composé de flèches, de rubans et de couronnes et ornée au pourtour d'appliques finement ciselées. Socle en marbre blanc décoré d'entrelacs rap-

portés. Mouvement de *Mathieu l'aîné à Paris* marquant les quantièmes et les jours de la semaine. Epoque Louis XVI.

Haut., 46 cent.

206 — Grande pendule de style Louis XVI en marbre bleu turquin garnie d'appliques et de festons de fleurs en bronze ciselé et doré au mat et surmontée de deux figures en bronze vert représentant les Sciences.

Haut., 50 cent.; larg. 55 cent.

207 — Deux girandoles de style Louis XVI à deux lumières en bronze ciselé et doré au mat. Les branches s'enroulent autour d'un balustre d'où s'échappe une branche de fleurs.

Haut., 41 cent.

208 — Petit miroir ovale avec cadre en bronze ciselé et doré du temps de Louis XVI.

Haut., 17 cent.

MEUBLES

209 — Beau miroir de toilette du temps de Louis XIV en marqueterie de cuivre sur écaille et garni de mascarons et d'ornements en bronze ciselé et doré.

Haut., 74 cent.

210 — Grande pendule du temps de Louis XIV en marqueterie d'écaille et cuivre garnie d'ornements en bronze et surmontée d'une statuette de Renommée.

Haut. 1 m.

211 — Grand et beau bureau plat du temps de Louis XV en bois de placage garni d'ornements rocaille en bronze ciselé et doré. Il est surmonté d'un casier en bois de placage.

Larg., 1 m. 08 cent.

212 — Grand et joli meuble fermant à deux portes et contenant un grand nombre de compartiments et de tiroirs, couvert de riches incrustations d'ivoire représentant des arbustes, des fleurs, des oiseaux et des animaux sur fond de bois d'ébène et de bois clair. Ce meuble, de travail oriental, repose sur une table console en bois sculpté et doré.

Haut., 2 m. 55 cent.; larg., 1 m. 15.

213 — Petit meuble à dos d'âne formant bureau en bois de palissandre incrusté de nacre, de burgau et de filets de cuivre. Il repose sur quatre pieds reliés par un entrejambes et il est surmonté d'un petit casier.

Larg., 72 cent.

214 — Petit secrétaire droit du temps de Louis XV en bois de rose garni de quelques ornements de bronze et à dessus de marbre.

Larg., 50 cent.

215 — Deux encoignures Louis XV en marqueterie de bois à fleurs garnies de bronzes dorés et à dessus de marbre brèche d'Alep.

Haut., 95 cent.

216 — Petit bureau à dos d'âne en marqueterie de bois à ornements et feuillages. Il est garni de quelques ornements en bronze doré.

Larg., 62 cent.

217 — Grande pendule de style Louis XIV plaquée d'écaille et richement garnie de bronzes dorés. Ses angles inférieurs sont ornés de cariatides de femmes ailées et elle est surmontée de la figure du Temps. Le socle est orné d'un mascaron et de rosaces.

Haut., 1 m. 05 cent.

218 — Coffre-fort du temps de Louis XIV en bois de placage garni d'appliques en cuivre doré.

Haut., 32 cent.; larg. 50 cent.

TAPISSERIES

219 — Tapisserie du XVIIIe siècle. Ecusson aux armes des Bardi et des Magaloti, familles florentines affectionnées à la couronne de France. De chaque côté : figures allégoriques, l'une représentant la Paix avec un coq à ses pieds et l'autre la Force avec un lion rampant. Deux petits génies supportent une banderole avec le mot : *Libertas* qui est de Magaloti.

Haut., 2 m. 70 cent.; larg. 2 m. 10 cent.

220 — Belle tenture de lit composée de trois belles bandes brodées, au petit point décorées de fleurs et d'animaux et avec réserves de drap vert foncé sur lesquelles ont été rapportés des chiffres, des fleurs de lis et des fleurettes. Elle est garnie d'une très belle frange à glands. Beau travail du temps de Henri IV.

www.ingramcontent.com/pod-product-compliance
Ingram Content Group UK Ltd.
Pitfield, Milton Keynes, MK11 3LW, UK
UKHW021952260726
13994UKWH00004B/1704

9 782329 440088